Nuage Itsy-Bitsy
Un vœu secret exaucé

Translated from the English version of
Itsy-Bitsy Cloud

Francis Edwards

Ukiyoto Publishing

Tous les droits d'édition mondiaux sont détenus par

Ukiyoto Publishing

Publié dans 2023

Droits d'auteur sur le contenu © Francis Edwards

ISBN 9789357878678

*Tous droits réservés.
Aucune partie de cette publication ne peut être reproduite, transmise ou stockée dans un système de recherche documentaire, sous quelque forme que ce soit et par quelque moyen que ce soit, électronique, mécanique, photocopie, enregistrement ou autre, sans l'autorisation préalable de l'éditeur.*

Les droits moraux de l'auteur ont été revendiqués.

Il s'agit d'une œuvre de fiction. Les noms, les personnages, les entreprises, les lieux, les événements, les sites et les incidents sont soit le fruit de l'imagination de l'auteur, soit utilisés de manière fictive. Toute ressemblance avec des personnes réelles, vivantes ou décédées, ou avec des événements réels est purement fortuite.

Ce livre est vendu à la condition qu'il ne soit pas prêté, revendu, loué ou mis en circulation de quelque manière que ce soit, sans l'accord préalable de l'éditeur, sous une forme de reliure ou de couverture autre que celle dans laquelle il est publié.

www.ukiyoto.com

Dédicace et remerciements

Dédié à la mémoire de Lee Barry Turner

Retiré de cette Terre, le 7 février 2022

Mon ange gardien. Il me disait d'écrire tous les jours pendant sa maladie pour m'occuper l'esprit et m'éloigner de ses problèmes. Il a entendu sur Terre la bonne nouvelle le 7 février 2022, ""Félicitations, votre livre a été accepté pour publication"".

Lee Barry Turner sera avec moi à chaque pas que je ferai tout au long de ma vie pour écrire des livres de contes, des essais et des poèmes pour les enfants, jusqu'à ce que nos âmes soient unies dans les cieux par la grâce de Dieu.

Illustrations recherchées sur Google

Le crédit est donné là où il est indiqué à partir de ces recherches :

Photos Unsplash de nuages :

Daoudi Aissa
Barrett
Scanner
Oskay
Emmanuel Appiah
Patrick Janser
Vladimir Anikeev
Nicole Geri
Josiah H
Julian Reijnders
Yurity Kovalov

Illustrations également téléchargées à partir de sources libres de droits, à usage commercial :

The Graphics Fairy

Free Vector Images

Pixels

Pixabay

Peakpx

Created illustrations using:

Text on Image

Clip Art Free Download

Merci à tous d'ouvrir vos portes aux écrivains.

SOMMAIRE

Itsy - Le secret de Bitsy	1
Itsy - Bitsy écrit un poème	10
Itsy - Bitsy's raconte son secret	13
Le rêve profond	17
Visite avec les Brownies	19
Le chef des fées du pommier	23
Farfadets	28
La guerre des gnomes	33
Les Elfes	38
Maillon de chaîne	43
Kelpie, le cheval	48
La tempête	50
A propos de l'auteur	*51*

Itsy - Le secret de Bitsy

Il était une fois une petite fille, Itsy-Bitsy, qui avait un esprit merveilleux. Elle voulait monter sur un nuage. Elle gardait son secret pour elle seule. Itsy-Bitsy savait que ses amis, et en particulier son grand frère Ziggy, se moqueraient de son souhait.

Itsy-Bitsy adore regarder les nuages. Les gros nuages blancs et gonflés attirent toujours son attention sur un ciel bleu royal lorsqu'ils dérivent lentement à côté d'elle. Elle remarquait que ces nuages spéciaux changeaient de forme avant de disparaître à l'horizon. Personne ne comprenait sa fascination. Ziggy avait l'habitude de lui crier de regarder le sol lorsqu'elle se rendait à l'école. "Itsy-Bitsy, tu vas tomber. Qu'est-ce que tu regardes ? Je vais le dire à maman !" Itsy-Bitsy l'ignorait et se rendait à l'école en trébuchant. "Ziggy Cloud, laisse-moi tranquille, dit-elle.

Une fois à l'école, Itsy-Bitsy demandait toujours à son professeur de lui attribuer une place près d'une fenêtre. Itsy-Bitsy dit à sa maîtresse qu'elle souffre de claus-tro-pho-bia. Itsy-Bitsy cherche le mot dans le dictionnaire, qui explique qu'il s'agit d'une peur extrême d'un espace confiné.

Itsy-Bitsy a entendu ce mot de la bouche de sa mère, Merry-Weather, un jour où elle expliquait aux autres mères de la cour de récréation pourquoi Itsy-Bitsy regardait toujours en l'air. Itsy-Bitsy connaissait cette étiquette et s'efforçait toujours de s'assurer une place à la fenêtre dans toutes ses classes à l'école. Itsy-Bitsy voulait seulement pouvoir regarder par la fenêtre pour vérifier si des nuages passaient. Itsy-Bitsy n'était pas la seule. D'autres camarades de classe aimaient aussi regarder par la fenêtre de la classe, mais ils ne cherchaient pas les nuages. De temps en temps, les enseignants d'Itsy-Bitsy la surprennent en train de regarder par la fenêtre. Ils la regardaient d'un air grave parce qu'elle rêvassait.

Itsy-Bitsy tient un journal. Chaque jour, si elle voyait un nuage, elle en dessinait la forme et essayait de l'identifier. Itsy-Bitsy imaginait que le nuage ressemblait à un bateau, un pays, un animal, une étoile, un arbre ou une personne. C'était son jeu. Cela l'amusait pendant des heures.

Itsy-Bitsy mettait des nuages dans tous ses dessins. Son père, Storm, les remarque chaque fois qu'Itsy-Bitsy rentre de l'école et place un nouveau dessin sur la porte du réfrigérateur. Son père lui faisait remarquer : "Itsy-Bitsy, ton nuage est le meilleur élément de tout le dessin. Je ne comprendrai jamais comment tu fais. Je ne comprendrai jamais".

L'un des meilleurs moments de l'école pour Itsy-Betsy était le cours de sciences. Elle adorait découvrir toutes les formations nuageuses. Itsy-Bitsy a appris qu'il existe quatre grandes catégories de nuages. Ces catégories se distinguent par la hauteur des nuages dans le ciel. Itsy-Bitsy écrit dans son carnet :

Les nuages élevés sont appelés cirrus ou nuages plumeux.

Les cirrus sont si hauts que toute l'eau contenue dans les nuages est gelée. Voir ces nuages signifie qu'un temps orageux est en route ou qu'un front chaud arrive.

Les cirrocumulus sont des nuages d'apparence irrégulière. Le beau temps approche.

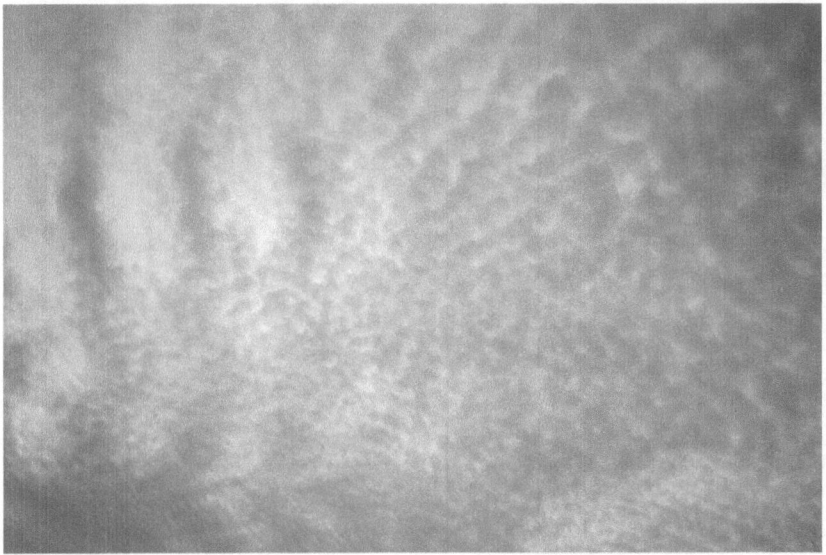

Les cirrostratus sont des nuages d'aspect laiteux. Ils couvrent tout le ciel. On peut voir à travers eux. Cela indique qu'un front chaud est en route. Beau temps.

Les nuages moyens

Les nuages Altocumulus ont une apparence ronde et ovale. Ils sont pleins de pluie. Cependant, la pluie s'évapore avant de toucher le sol. Ces nuages indiquent le début d'un orage. Ils indiquent également l'approche d'un front froid.

Les nuages Altostratus sont des nuages gris de couverture. Ils produisent des pluies légères.

Itsy-Bitsy a réduit cette image, car elle n'aime pas du tout l'aspect de ces nuages.

Les nuages bas

Les stratus sont du brouillard et de la brume.

Les stratocumulus sont des nuages gonflés très proches les uns des autres. Ils annoncent
probablement une légère bruine.

Les nuages multi-niveaux présentent une grande construction verticale.

Les Cumulus sont de beaux nuages qui dérivent. Ces nuages disparaissent le soir. Ils sont synonymes de beau temps.

Les cumulonimbus sont des montagnes verticales.
Ils annoncent des tempêtes de fortes pluies ou de grêle. Il pourrait même y avoir une tornade.

Les nuages Nimbostratus bloquent le soleil. Ces nuages sont très sombres. Ils produisent de la pluie ou de la neige, selon la saison.

Itsy - Bitsy écrit un poème

Itsy-Bitsy peut maintenant consulter son carnet pour vérifier tous les différents nuages qu'elle trouve dans le ciel. Ziggy ne peut pas lui reprocher de regarder en l'air. Elle peut maintenant prédire le temps qu'il fera. Elle donne des conseils à sa famille, l'aidant à prendre des décisions, comme celle de prendre un parapluie. Itsy-Bitsy a commencé à faire des prévisions météorologiques un jeu. Elle note sur son calendrier le nombre de fois où ses prévisions sont correctes. Chaque fois qu'Itsy-Bitsy a raison, Storm lui donne une pièce pour sa tirelire. Ziggy doit sortir les poubelles. Sa mère met une friandise supplémentaire dans sa boîte à lunch. Le chat d'Itsy-Bitsy lui donne un miaulement spécial pour l'avoir gardé à l'intérieur les jours de pluie prédictive.

Itsy-Bitsy devient si douée pour les prévisions météorologiques que tout le monde à l'école la consulte, car ils ne se souviennent pas de leur leçon de science sur les nuages. Les mères du parc et de la cour de récréation commencent à la consulter. Elles demandent à Itsy-Bitsy quel temps il va faire. Une mère dit alors : "Nous sommes en train d'organiser des fêtes de piscine en plein air. Itsy-Bitsy apprécie toute cette attention. Elle se fait de nouveaux amis tous les jours. Tous les garçons du journal, y compris le facteur, demandent à Itsy-Bitsy quel temps il va faire.

Itsy-Bitsy écrit un poème pour son cours d'anglais.

NUAGE, NUAGE, NUAGE...

COME DOWN...

POURRAIS-JE...

MONTER À BORD.

POUVEZ-VOUS M'EMMENER...

CAMPING DANS LE CIEL...

JE NE SAIS PAS CE QUE JE VAIS FAIRE...

IL N'EST PAS TROP TÔT...

J'AI HÂTE...

JE PEUX EMBRASSER TA BÉNÉDICTION...

JE PEUX CÉLÉBRER TA PRÉSENCE NUAGE, NUAGE, NUAGE...

VIENS M'EMMENER...

CONTINUE TON VOYAGE...

CONDITION AVANT DE DISPARAÎTRE.

Itsy-Bitsy lit son poème à Ziggy, mais celui-ci n'est pas impressionné. Il déclare : "Ce poème est fou, tu ne peux pas t'asseoir sur un nuage, fille folle, tu vas tomber à travers. Je vais le dire à maman" ! Itsy-Bitsy répond : "Je peux faire semblant, idiot, maintenant va sortir les poubelles avant qu'il ne pleuve".

Itsy-Bitsy veut montrer son poème à son père. Il est tellement impressionné par le poème qu'il lui demande : "Itsy-Bitsy, pourquoi as-tu utilisé tous ces mots commençant par la lettre C ? Itsy-Bitsy répond : "C est la lettre de l'alphabet que nous apprenons à l'école. Tous ces mots en C seront dans notre test d'orthographe la semaine prochaine". "Oh, je vois, voici un dollar pour ta tirelire. Votre poème était intelligemment construit, félicitations. Continuez à transmettre le contenu ; revendiquez le droit d'auteur".

Itsy - Bitsy's raconte son secret

Un jour, sa mère demande à Itsy-Bitsy d'aller cueillir des fleurs dans le jardin pour préparer une table. Merry-Weather a prévu de recevoir le club de jardinage local lors d'un déjeuner cet après-midi. Alors qu'Itsy-Bitsy est occupée à cueillir des fleurs sauvages, telles que des cloches bleues, de la bruyère, des lupins et des fleurs jaunes, elle ne peut s'empêcher de regarder les nuages. Aussitôt, Itsy-Bitsy trébuche sur un vieil ornement de jardin rouillé. Elle le ramasse et voit qu'il s'agit d'un Cupidon. Cupidon est si heureux. Il a enfin été retrouvé, après avoir passé des années et des années caché. Il rouillait sur le sol humide. Itsy-Bitsy place le Cupidon sur un gros rocher. Le Cupidon dit : "Tu m'as sauvé. C'est pour toi que je tirerai ma dernière flèche. Ma flèche peut transpercer le cœur d'une fée des jardins, et elle peut t'accorder un vœu". "Oui, oui, s'il vous plaît, continuez. J'ai un souhait secret. Je ne l'ai jamais dit à personne, sauf à mon chat, Jumping-Jack. Il garde mon secret, car il ne parle pas le langage humain".

Itsy-Bitsy place délicatement le Cupidon rouillé sur un rocher lisse plus confortable, afin qu'il puisse se stabiliser. Le Cupidon décocha sa dernière flèche directement sur une perturbation dans un carré de fleurs violettes.

"C'est une fée des jardins", déclare Itsy-Bitsy. "Je la vois très bien !"

La Fée des jardins vole au-dessus de quelques fleurs violettes. Maintenant, Itsy-Bitsy peut vraiment la voir sur le ciel bleu royal. La Fée des jardins change toujours de couleur pour s'adapter à la couleur de la fleur ou de l'objet derrière lequel elle se cache. Aujourd'hui, elle est violette. Elle est assortie aux fleurs violettes derrière lesquelles elle se cache aujourd'hui. La Fée des jardins dit à Itsy-Bitsy qu'elle ne peut échanger qu'un secret contre un autre. La fée du jardin dit à Itsy-Bitsy : "Tu dois d'abord me dire ton secret, car j'ai le cœur transpercé". Itsy-Bitsy dit : "Mon souhait secret est de monter sur un nuage et de dériver dans le ciel. La fée du jardin répond : "Mon secret, c'est que je ne peux pas exaucer les souhaits, mais je peux demander que ton souhait soit exaucé par ta marraine la fée. Elle est la seule à pouvoir exaucer ton vœu. Comme ton nom de famille est Nuage, le nom de ta Marraine est Nuage. Tu la connaîtras. Elle viendra à toi vêtue d'une magnifique robe blanche qui ressemble à un nuage, portant une baguette magique à laquelle est attachée une étoile".

La fée du jardin dit à Itsy-Bitsy : "Je te promets d'informer ta marraine Nuage de ton souhait secret, pendant que tu seras plongée dans un profond sommeil, une nuit. C'est à ce moment-là que j'ai le droit de parler à ta Marraine Nuage, en ton nom. Ta Marraine Nuage pourrait bientôt entrer dans un profond sommeil et peut-être exaucer ton vœu". Tu ne dois en parler à personne. Si tu le fais, ton vœu ne sera pas exaucé. Ta Marraine Nuage n'entrera pas dans ton sommeil, quelle que soit la profondeur de celui-ci. Ton sommeil ne contiendra aucun rêve si le secret est découvert. Tu dois t'en souvenir chaque jour et à chaque heure de la journée, et ne le dire à personne.

La fée du jardin entend des pas. Elle doit partir. Elle doit s'envoler et se cacher dans un massif de fleurs violettes. Elle disparaît aussi vite qu'elle est apparue.

Itsy-Bitsy se retourne et voit son frère Ziggy. Il s'écrie : "Pourquoi es-tu si long, maman a besoin de ces fleurs tout de suite. Dépêche-toi, Itsy-Bitsy, ou je le dis à maman. On ne peut pas compter sur toi pour faire quoi que ce soit" !

Itsy-Bitsy s'énerve. Elle se dépêche de partir, les bras chargés de fleurs. Elle ne prend même pas le temps de les placer dans le panier en osier qu'elle a apporté avec elle. Itsy-Bitsy est si heureuse. Elle ne sait que penser. Elle n'est sûre que d'une chose. Elle ne doit révéler son secret à personne.

Le rêve profond

Tous les soirs, la mère d'Itsy-Bitsy disait à sa fille, après avoir lu un livre d'histoires, "Fais de beaux rêves ma chérie". Aucun rêve ne venait. La pauvre Itsy-Bitsy ne pouvait parler à personne de son secret. Le seul à le savoir était son chat, Jumping-Jack. Il ne pouvait que miauler. Itsy-Bitsy se souvint de ce que lui avait dit la fée du jardin : "Le secret disparaîtrait comme un nuage Cumulus, si un secret était même légèrement répercuté, même lors d'un ronflement".

Une nuit, Itsy-Bitsy commença à se retourner dans son sommeil. Jumping-Jack se mit à miauler et à miauler, de plus en plus fort. La fée nuage marraine apparut. "Je suis venue exaucer ton vœu secret. Tu peux maintenant te reposer en paix, ma chère enfant. Tu as réussi le test. Tu n'as parlé à personne de nos secrets ou des tiens. Beaucoup d'enfants ont demandé ton vœu secret, mais ils ont tous échoué. Tu as résisté à toutes les tentations. Tu m'as prouvé ta valeur. Ces autres enfants n'ont pas pu réaliser leur vœu secret de monter sur un nuage. Tous leurs nuages pleins d'espoir se sont transformés en pluie. Leur souhait a été anéanti par la pluie. Ils ne peuvent pas monter sur le nuage qu'ils avaient choisi. Leur souhait s'est évanoui pour toujours. Tu as de la chance. Ton nuage t'attend.

La montagne où je vis est la capitale du Pays des Fées. Je suis la reine de la montagne du pays des fées. J'ai demandé à ma montagne de te fabriquer un nuage Cap. Une fois que tu auras commencé ton ascension vers la montagne, je dirigerai, à l'aide de ma baguette magique, les vents ascendants vers le sommet de la montagne pour former ton nuage de bonnet. Ton chat te laissera le seller. Il pourra alors sauter sur le nuage.

Le Clap Cloud vous emmènera dans mon monde, appelé l'Autre Monde. Vous visiterez mon Royaume. Pour confirmer votre arrivée, dans chaque Terrain de l'Autre Monde, vous devez donner une carte postale. Ces cartes postales contiendront les adresses de tous les fae que vous visiterez. Une fois visitée, la carte postale du terrain me sera renvoyée par la Fée des jardins qui m'a fait part de votre souhait secret. Cela confirmera votre visite. Clap Cloud se déplacera vers un nouveau terrain avec d'autres fae, avec toi et Jumping-Jack à bord. Si la Fée des jardins revient vers moi sans une carte postale signée par le chef de chaque terrain, le Nuage de la casquette poursuivra sa route sans toi ni Jumping-Jack. Vous et votre chat de compagnie vivrez à jamais au sein de la faune de terrain dans mon Autre Monde. Vous ne partirez jamais. Tous mes sujets s'engagent à garder leurs secrets pour eux. Personne dans ton monde humain ne saura jamais où tu te trouves dans mon royaume de l'Autre Monde.

Marraine Nuage a une autre règle que les fées doivent respecter. Les fées ne mentent jamais. La vérité doit être dite.

"Maintenant, vous allez partir !"

Visite avec les Brownies

Le nuage de clapets dérive dans le ciel et plane au-dessus des terres agricoles. Itsy-Bitsy et Jumping-Jack peuvent voir des animaux de ferme, une grange et la maison d'un fermier. Itsy-Bitsy se dit : "C'est merveilleux". Elle demande à Cap Cloud : "Est-ce que c'est le premier terrain ? "Oui, maintenant assure-toi de prendre la bonne carte postale marquée Brownies avec toi, quand Jumping-Jack t'enlèvera de moi".

Itsy-Bitsy et Jumping-Jack arrivent et sont accueillis par Brownie Hard Worker, "Bienvenue" ! "C'est agréable de voir une main supplémentaire sur le terrain de la ferme. "Votre beau chat persan peut se tailler une maison loin de chez lui. Il peut sauter dans la grosse citrouille qui se trouve là-bas. Je pense qu'il aimera s'y blottir".

Brownie Hard Worker explique que le fermier, avec mon aide la nuit, a ramassé toutes les citrouilles dans les champs. Vous êtes arrivés à l'heure de la sculpture des citrouilles. Les citrouilles sont sculptées avec des visages. La nuit, on les allume avec des bougies pour faire fuir les esprits. Les esprits ne sont pas des fées. Les esprits peuvent être des fantômes, des sorcières, des diables, des vampires ou des zombies qui effraient les animaux de la ferme. Ils apparaissent de nulle part, le 31 octobre. Les humains appellent cette occasion Halloween. Votre tâche consistera à sculpter des visages sur 50 citrouilles. Chaque citrouille doit avoir un visage effrayant différent. Maintenant, je dois aller dire au chef des terres agricoles que vous êtes ici. Bonne chance, ma chère. À tout à l'heure. Commencez à sculpter les citrouilles dès que possible. Voici un couteau à découper. Attention à ne pas vous couper. Oh, au fait, votre chat peut apporter chaque citrouille sculptée à chaque enclos des animaux. Veillez à prévoir quelques citrouilles supplémentaires pour les cochons. Ils en mangent toujours quelques-unes avant le soir d'Halloween.

Le travailleur acharné s'en va dire au chef de la ferme que le nuage de claque a amené un visiteur du monde des humains pour sculpter des citrouilles.

"Ici, ici, ici", crie Hard Worker. Elle s'appelle Itsy-Bitsy Cloud. Elle va sculpter des citrouilles pour nous. Regardez, elle a déjà commencé.

Le chef des terres agricoles est déguisé en citrouille effrayante. Lorsqu'il accueille Itsy-Bitsy, il lui explique que son rôle, le soir d'Halloween, est de protéger la maison du fermier de tout intrus malveillant. Je dois rester sous le porche du fermier. Ne vous inquiétez pas de mon apparence. Après Halloween, je redeviendrai un Brownie normal avec des oreilles pointues. Itsy-Bitsy est trop effrayée pour lui tendre sa carte postale. Jumping-Jack court vers sa citrouille et saute à l'intérieur. Itsy-Bitsy décide d'attendre d'avoir sculpté 50 citrouilles.

Itsy-Bitsy continue de sculpter des citrouilles. Elle commence bientôt à manquer de visages différents à sculpter. Elle sculpte le visage de Ziggy dix fois ! De dix façons différentes. Itsy-Bitsy dit à Jumping-Jack de livrer la plupart des visages de Ziggy dans l'enclos des cochons. Itsy-Bitsy espère que les cochons ont faim. Lorsqu'elle atteint 33 visages, la pauvre Itsy-Bitsy commence à découper différents nuages sur les citrouilles. Elle pense que les nuages d'orage peuvent effrayer les sorcières. Les sorcières auront peur de voler pendant un orage.

Itsy-Bitsy, après avoir aidé les Brownies, veut continuer à faire des nuages. Itsy-Bitsy trouve un moyen astucieux de remettre sa carte postale au chef. Itsy-Bitsy place sa carte postale à l'intérieur d'une de ses citrouilles sculptées pour montrer au chef son travail manuel. Le travailleur acharné livre la citrouille au chef et, alors qu'il soulève le couvercle pour placer une bougie à l'intérieur, sa main s'empare de la carte postale. Il signe la carte postale et la fée des jardins, qui est maintenant de couleur orange, sort en voltigeant de quelques citrouilles empilées et prend la carte postale sous ses ailes. La Fée des jardins disparaît pour remettre la carte postale à Marraine Nuage.

Quelques heures avant le coucher du soleil, le soir d'Halloween, le nuage Cap apparaît et Jumping-Jack prend Itsy-Bitsy sur son dos et saute sur le nuage Cap. Itsy-Bitsy était si heureuse. Elle savait que tous les lutins qui chassaient sur le terrain de la ferme le soir de l'Halloween feraient peur à Jumping-Jack. Jumping-Jack pouvait s'enfuir et se cacher quelque part dans la ferme sans jamais être retrouvé. Itsy-Bitsy croyait même que les cochons pourraient manger Jumping-Jack au lieu d'une citrouille à tête de Ziggy.

Itsy-Bitsy a joué un tour au chef, comme le veut la tradition de l'Halloween. Aucun mensonge n'a été dit. La gâterie d'Itsy-Bitsy fut le nuage de claque qui arriva juste avant le coucher du soleil. Itsy-Bitsy et Jumping-Jack purent voir toutes les citrouilles allumées autour de la ferme ainsi qu'un grand nombre d'ombres étranges alors que le Clap Cloud s'éloignait dans un ciel de pleine lune et d'étoiles.

Le chef des fées du pommier

Le Cap Cloud ne va pas très loin. Il commence à planer au-dessus d'une épaisse forêt remplie de vieux arbres gigantesques. Le nuage s'arrête. Itsy-Bitsy et Jumping-Jack s'élancent dans une forêt dense et sombre. Itsy-Bitsy commence à suivre un chemin qu'elle a trouvé entre quelques arbres. Les arbres ont l'air de pousser là depuis une centaine d'années ou plus. Ils ont des troncs énormes, comme les éléphants d'un zoo. Itsy-Bitsy commence à remarquer que certains arbres ont des nœuds qui ressemblent à des visages. Elle commence aussi à penser que quelque chose se cache derrière certains arbres. Jumping-Jack commence à miauler devant un pommier géant. Jumping-Jack n'avance pas du tout. Le pauvre chat reste figé au sol. Il ne cesse de regarder en l'air et de miauler un son très effrayant. Itsy-Bitsy entend le même son de la part de Jumping-Jack juste avant un combat de chats. Le miaulement se transforme en sifflement. Jumping-Jack courbe le dos pour se préparer au combat. Itsy-Bitsy a peur. Comme Jumping-Jack, elle se fige et commence à trembler. Elle veut s'enfuir, mais ne peut pas bouger.

Le vieux Pommier commence à parler d'une voix grave et creuse. "Vous êtes arrivés sur le territoire des dryades et je suis le chef des pommiers. Ne vous inquiétez pas. Nous, les Dryades, ne sortons jamais de nos arbres. Nous faisons partie de l'arbre lorsqu'un nœud se transforme en visage.

Je suis la seule dryade dont les yeux peuvent vous voir. Mes yeux me permettent de voir les enfants de votre monde qui essaient de se cacher derrière les arbres, hors de ma vue. Je crois que certains des enfants qui disent avoir perdu leur carte postale mentent. D'autres ont peur de me donner leurs cartes postales, parce qu'ils ont peur de mon regard ou de ma voix, ce qui est plus proche de la vérité. Tous ces enfants doivent rester ici pour toujours. Ils sont coincés ici. Ils survivent tous grâce aux noix ou aux pommes qui sont tombées et ont roulé sur le sol, loin de mon tronc. Ils sont trop habitués aux mots doux de leurs mères. Ma voix grave et creuse les éloigne de mon arbre. "Avez-vous peur de moi ?" "Non, mais mon chat, Jumping-Jack, a peur. J'ai un frère qui a parfois une voix grave et creuse comme la tienne. Sa voix devient surtout grave quand il menace de dénoncer ma mère".

Les enfants, derrière les arbres, sortent lentement pour saluer Itsy-Bitsy et Jumping-Jack. Sa mère a dit à Itsy-Bitsy d'essayer d'aider les enfants moins chanceux.

Itsy-Bitsy demande la carte postale de chaque enfant. Itsy-Bitsy s'adresse aux enfants en chuchotant. Je vais jouer un tour au chef des arbres. Je vous promets que vous serez tous dans les nuages avec moi. Les enfants répondent : "Le chef des arbres utilisera ses branches pour nous poursuivre. Nous n'arriverons pas jusqu'à votre nuage". Itsy-Bitsy répond : "Oh non, il ne le fera pas, il ne ment pas. La fée du jardin recevra toutes vos cartes postales pour les envoyer au nuage de marraine, si ma ruse fonctionne". Itsy-Bitsy dit : "Jouer un tour n'est pas mentir".

Chaque enfant remet sa carte postale à Itsy-Bitsy. Une fois que c'est fait. Itsy-Bitsy, sur le dos de Jumping-Jack, saute à l'arrière de l'arbre du chef. L'arbre ne sent rien. Itsy-Bitsy, avec l'aide de Jumping-Jack, cache une carte postale derrière chaque feuille avec de la sève d'arbre. Itsy-Bitsy choisit des feuilles qui sont dorées ou orangées en automne.

Itsy-Bitsy attend qu'une brise légère traverse la forêt et secoue les feuilles détachées des arbres. Lorsque les feuilles qui tombent touchent les yeux du chef, il prend une branche pour éloigner la feuille de ses yeux. Ces feuilles sont accompagnées d'une carte postale. Itsy-Bitsy et Jumping-Jack bondissent de joie. Itsy-Bitsy s'exclame : "Regardez les enfants, mon tour a marché !"

La fée des jardins, maintenant vêtue de vert et d'or d'automne, descend en voltigeant d'une branche. Elle prend toutes les cartes postales signées par la dryade cheftaine. Les enfants sautent de joie. Itsy-Bitsy : "Tu es très, très intelligente. Maintenant, nous pouvons partir avec toi et ton chat. Merci, merci !"

Itsy-Bitsy et Jumping-Jack sont également heureux. Itsy-Bitsy n'aura plus à voyager seule, elle aura de nouveaux amis avec qui parler. Jumping-Jack aura beaucoup d'attention, des câlins et des caresses.

Bientôt, le nuage Cap apparaît et Jumping-Jack porte sur son dos cinq nouveaux amis pour faire le nuage.

Itsy-Bitsy est si heureuse d'avoir des amis à qui parler qu'elle écrit un poème en souvenir du vieux pommier.

A comme Pomme, Pomme, Pomme

Pommier...

Pour voir rouge...

Permet d'avoir...

Beaucoup à prendre.

A l'écart avec eux...

Un bon arbre...

Compte à remplacer...

Une autre année viendra.

Toujours un bon régal...

Tablier...

Appliquer la bonne mesure...

Selon les instructions.

Accéder au...

Arôme pour enflammer...

Appétit...

Approbation à suivre.

Applaudissements...

Vous permet un autre...

Ajoutez vos bénédictions pour...

Pommes, pommes, pommes.

Farfadets

A travers le ciel, le nuage Cap a suivi les alizés, poussant les enfants vers l'est, à travers l'océan Atlantique, d'un terrain situé en Amérique du Nord vers l'Europe. Les enfants endormis sont emmenés dans la maison du Terrain des Leprechauns, que les chasseurs appellent l'Irlande.

Ces fées timides sont entièrement composées de mâles. Elles ont fait partie du Terrain des Leprechauns avant que des humains n'y vivent. Les Leprechauns sont devenus un symbole adopté dans l'Irlande d'aujourd'hui. De nombreuses histoires irlandaises ont été écrites à leur sujet dans le folklore irlandais.

Les enfants se réveillent lentement en entendant de la musique et des danses qui semblent devenir de plus en plus fortes. Ils entendent des coups de marteau qui suivent le rythme de la musique. Les enfants sont maintenant bien réveillés et veulent se joindre à la fête. Les enfants sont heureux d'atterrir sur la terre ferme. Les enfants avaient le décalage horaire. Le temps défile à l'envers lorsqu'on voyage vers l'est. Ils se sont vite remis de leur fatigue. Ils sont entourés de sympathiques farfadets. C'est leur façon d'accueillir les nouveaux arrivants sur leur territoire. L'un des farfadets a même brandi un panneau pour que tous les enfants puissent le lire.

"Les enfants, vous êtes tous les bienvenus pour prendre des rafraîchissements et vous joindre à notre fête." Pendant que vous vous amusez, nous, les cordonniers, allons vous fabriquer de nouvelles chaussures. Nous savons que les enfants usent très vite leurs chaussures. Ce sera notre cadeau pour vous. Nous ferons un nouveau collier au chat avec les restes de chaussures en cuir. Itsy-Bitsy répond : "C'est merveilleux, merci beaucoup". Jumping-Jack ajoute son miaulement. Tous les enfants applaudissent et commencent à danser en faisant les idiots.

Itsy-Bitsy se rend vite compte qu'à chaque fois qu'elle cligne des yeux, le farfadet à qui elle parle disparaît. Itsy-Bitsy se dit : "Comment vais-je donner six cartes postales au lutin du chef de terre si je cligne des yeux ? Je ne peux pas m'empêcher de cligner des yeux. Je sais que je dois jouer un tour astucieux.

Itsy-Bitsy demande à un farfadet : "Que fait-on de nos vieilles chaussures usées ? Le farfadet répond : "Nous laissons le chef des farfadets du terrain décider. Nous lui donnerons toutes vos vieilles chaussures et notre chef farfadet les triera en fonction de leur état. Si quelque chose peut être réutilisé, nous l'empêcherons de devenir un combustible pour l'hiver. Nos petites maisons dans les villages de tout notre territoire sont chauffées par de vieilles chaussures non réparables".

Itsy-Bitsy croise les jambes pour réfléchir. Elle sait, pour avoir lu de nombreux livres d'histoires, que personne n'a jamais attrapé un Leprechaun et reçu un pot d'or. En fait, personne au cours des mille dernières années n'a jamais attrapé un farfadet, se souvient-elle d'avoir lu quelque part ou peut-être que Ziggy le lui a dit. Itsy-Bitsy ne veut pas d'un pot d'or. De toute façon, l'or ne permettra pas au Cap Cloud de venir la chercher avec ses nouveaux amis. Itsy-Bitsy doit trouver un moyen de faire passer les cartes postales dans la main du chef farfadet.

Itsy-Bitsy sait que toutes les fées aiment les cadeaux. Itsy-Bitsy rassemble secrètement toutes les cartes postales des enfants. Elle place chaque carte postale dans la chaussure droite de chaque paire. Elle met la chaussure droite de chaque paire dans une boîte et emballe la boîte avec du papier demandé à l'un des farfadets. Le papier cadeau est recouvert de trèfles verts à quatre feuilles, symbole de chance utilisé par les farfadets. Itsy-Bitsy met toutes les chaussures du pied gauche dans un sac qu'elle confie à un cordonnier. Elle présente le cadeau emballé au chef des farfadets du terrain. Itsy-Bitsy dit sans sourciller : "Chef Terrain Leprechaun, veuillez accepter cet humble cadeau de la part de tous les enfants de Cap Cloud, en remerciement de votre hospitalité et de votre accueil". Le chef secoue d'abord la boîte, puis l'ouvre pour voir les chaussures. Il est ravi de tant de prévenance. Il inspecte chaque chaussure et reçoit les cartes postales. Il appose volontiers sa signature sur chacune d'elles. Itsy-Bitsy voit la Fée des jardins sortir de derrière un trèfle à quatre feuilles. Vêtue de vert, elle prend les cartes postales et s'envole avec elles.

Itsy-Bitsy finit par courir vers tous les enfants, qui dansent maintenant dans leurs nouvelles chaussures. Elle les avertit de l'approche du nuage Cap. Jumping-Jack ronronne avec son nouveau collier bleu plus large pour plus de solidité. Les enfants se sentiront plus en sécurité en le tenant, chaque fois qu'ils seront transportés sur le nuage des claquettes.

Itsy-Bitsy écrit un autre poème en l'honneur de cet heureux événement.

B comme LIVRE, LIVRE, LIVRE

Croyez-moi, je lirai...

Le mieux est d'en profiter...

Mieux que de jouer...

Sois mon ami.

Mon but est de lire...

Au-delà de mes connaissances...

Derrière mon passé...

Commencer une nouvelle aventure.

Illuminer chaque heure...

Briser mes pensées...

Briser mon...

Ennui.

Brave petit...

Livre, livre, livre

Relie les pages...

Relie l'histoire pour moi.

Croire aux farfadets.

La guerre des gnomes

Le nuage de casquettes a pu s'élancer dans le ciel d'un bleu pur et profond. Cette fois, le nuage à casquette demanda à Itsy-Bitsy : "Dans quel endroit de l'autre monde aimerais-tu que nous emmenions tes amis ?" "S'il te plaît, emmène-nous sur le terrain des Gnomes. Je sais que les Gnomes sont amicaux. Ils aiment s'amuser. J'ai des gnomes chez moi, dans mon jardin. Ziggy trébuche toujours sur l'un d'entre eux lorsqu'il me poursuit. Il m'en veut toujours et me dit : "Je vais le dire à maman". Nous serions tous heureux de leur rendre visite. J'en suis sûr".

En regardant par-dessus le nuage Cap, alors que celui-ci s'approchait de la terre, Itsy-Bitsy aperçut un énorme panneau.

Itsy-Bitsy décide de faire voter les cinq enfants du Nuage de Cap, avant d'atterrir sur ce nouveau terrain. Ce serait la meilleure solution, car le vote ne pouvait pas être égal. Le vote se fait à main levée. Les Chapeaux des Gnomes Verts l'emportèrent.

Itsy-Bitsy se réjouit de cette décision, car c'est un Gnome à chapeau vert qui tient la pancarte ! Après avoir été délivré par Jumping-Jack, Itsy-Bitsy demanda au Gnome en quoi consistait le combat. Le Gnome répondit : " La guerre a été déclenchée par les humains. Ils n'achetaient que des Gnomes Chapeaux Rouges pour leurs jardins. Beaucoup de Gnomes Chapeaux Verts sont devenus jaloux. Les Chapeaux Verts ont pris des marteaux pour écraser les Chapeaux Rouges et les éliminer des rayons des magasins. Les humains n'auront plus qu'un seul choix, celui d'acheter des Chapeaux verts. La production de chapeaux verts dans nos usines est en baisse depuis un certain temps, ce qui a entraîné du chômage et des difficultés pour de nombreux gnomes chapeaux verts. Le terrain gnome compte deux chefs, un chapeau rouge et un chapeau vert. Le chef qui gagnera la bataille apparaîtra ici, près du panneau, et déclarera sa victoire. Restez caché jusqu'à ce que vous voyiez un cheval approcher. Seuls les deux chefs ont un cheval.

Itsy-Bitsy devient tout rouge. Sa mère vient d'acheter un Gnome Chapeau Rouge pour le jardin. Itsy-Bitsy veut maintenant peindre le chapeau en vert, une fois qu'elle sera rentrée à la maison. Ziggy dira probablement : "Je vais le dire à maman" !

 Itsy-Bitsy et les cinq enfants ne voient pas la bataille, mais ils entendent le fracas des chapeaux de céramique qui tombent des statues dans le champ lointain. Le Gnome au chapeau vert dit à tous les enfants. Si vous avez peur, allez vous cacher dans les trous creusés à côté des racines des arbres dans la forêt là-bas. Les Chapeaux Rouges avancent par là et pourraient bientôt briser notre ligne de défense. Vous voyez, nos combattants sont plus faibles que les Chapeaux Rouges. Nous n'avons pas eu de nourriture qui nous aurait permis de devenir de bons combattants. La situation devient évidente. Le bruit du front devient de plus en plus fort. Tous les enfants décident de courir se cacher dans les trous autour des racines des arbres près de l'énorme panneau. Les enfants se souviennent des punitions qu'ils ont reçues pour avoir cassé des objets dans leur maison. Ils ne veulent pas participer à une bataille entre les Chapeaux rouges et les Chapeaux verts. Ils risquent d'être sévèrement punis une fois rentrés chez eux.

Dans le calme du champ de bataille, un Gnome de Terrain Chef, sur un cheval, apparut sans chapeau juste devant Itsy-Bitsy et Jumping-Jack.

Juste avant que tous les enfants ne courent se cacher, Itsy-Bitsy ramasse leurs cartes postales. Itsy-Bitsy dit au chef : "Tu as perdu ton chapeau". "Non", répondit-il en riant. "Je l'ai enlevé pour me protéger des coups d'un ami ou d'un ennemi". Itsy-Bitsy fit une supposition éclairée à partir de toutes les informations qui lui avaient été données par le Gnome au chapeau vert. Itsy-Bitsy prit un chapeau rouge qu'elle trouva à proximité et y plaça les cartes postales. Le chef de terre mit le chapeau et reçut les cartes postales.

Le chef des Chapeaux Rouges du Terrain dit à Itsy-Bitsy qu'une trêve a été déclarée et que la bataille est terminée. Les Chapeaux Rouges vont s'engager dans les magasins humains en proposant aux clients d'acheter un Chapeau Rouge et de recevoir un Chapeau Vert à moitié prix. Ce plan rendra les Chapeaux Verts heureux et leurs ouvriers occupés à fabriquer des Gnomes. Tout le monde y gagne.

La fée des jardins, désormais rouge et verte, sort d'un chapeau vert et s'envole avec les cartes postales signées. Après tout, les enfants ont assisté à une célébration de la trêve. Le nuage de la casquette est arrivé et a plané au-dessus de la fête suffisamment longtemps pour que tous les enfants soient transportés par Jumping-Jack.

H comme Hurdle (haie)

Un grand nombre d'entre vous...

Se dirige vers vous...

Tenez bon.

Ayez la volonté...

Se diriger vers les épreuves...

Atteignez la cible.

Espérer le meilleur...

Élaborer un autre plan...

Saluer ce plan s'il est couronné de succès.

Abattre cet obstacle...

Le cacher derrière...

Vous en avez un autre à affronter ?

La moitié de la liste a disparu...

Sauter vers une autre découverte...

Voici un autre secret.

Vous serez heureux...

Difficile de ne pas résister...

Aider les autres.

Chapeaux rouges...

Chapeau vert...

A vous de choisir...

Le jardin de la maison s'embrasse.

Les Elfes

Le nuage Cap a traversé un autre ciel très bleu et tous les enfants se sont accrochés. Cette fois, le nuage Clap a pris la direction du nord, droit vers le pôle Nord. Tous les enfants ont ressenti le froid et se sont emparés de couvertures et de pulls supplémentaires pour se réchauffer. La plupart des enfants portaient sur la tête des chapeaux verts provenant du terrain des gnomes. L'un des enfants savait qui vivait au pôle Nord et a crié son nom, le Père Noël. Les enfants l'entendirent haut et fort. Itsy-Bitsy et Jumping-Jack pouvaient voir l'excitation sur tous les visages.

La première chose que les enfants virent après l'atterrissage fut les rennes. Oui, tous les neuf. Ils avaient pour mission d'emmener les enfants au royaume terrestre du Père Noël. Le problème, c'est qu'ils n'ont pas pu respecter les instructions du Père Noël. Il y avait plus de rennes que d'enfants. Les rennes pouvaient commencer à se battre pour savoir lequel d'entre eux choisirait un enfant. Les rennes reniflent et font des histoires. Itsy-Bitsy savait ce qu'il fallait faire. Elle demanda aux cinq enfants de faire deux bonshommes de neige. Maintenant, chaque renne avait un occupant à transporter - 6 enfants, 2 bonshommes de neige et Jumping-Jack. Tout allait bien.

Les rennes ont traversé la neige pour se rendre au Royaume du Père Noël avec leur cargaison. À leur arrivée, les enfants étaient accueillis par l'elfe, appelé Ify. Ify disait : "Ify tu fais ça, je ferai ça". Ify ne faisait jamais rien tout seul. Il avait toujours besoin d'aide ou disait d'abord à chacun ce qu'il devait faire. Il dit à Itsy-Bitsy et aux enfants : "Si vous vous mettez en rang, j'ouvrirai la porte du royaume des pères Noël. Si vous tendez la main, je demanderai aux lutins de vous serrer la main. Si tu dis ton nom aux lutins, je te dirai le leur. Si tu vas t'asseoir à la table, je demanderai aux cuisiniers de te préparer le déjeuner. Si les cuisiniers m'aident à apporter la nourriture à la table, je servirai la nourriture".

Itsy-Bitsy demande à Ify : "Le Père Noël est-il le chef du terrain ? Ify répond que non, mais que le Père Noël représente le chef des elfes. Il y a de nombreuses années, notre chef elfe nous a quittés. La Cour des Seelies, qui règle les différends entre les fées, a décidé que le chef des elfes du terrain devait être banni de ce que nous appelons aujourd'hui le Royaume du Père Noël, le Pôle Nord. Itsy-Bitsy demanda : "Qu'est-ce qu'il a fait ? Le chef des elfes détestait Noël. Il refusa de célébrer la saison. Il a menti et a prétendu aimer Noël pendant des années. Itsy-Bitsy demanda alors : "Comment l'Autre Monde l'a-t-il découvert ? Un jour de Noël, le chef des elfes ordonna aux elfes de fabriquer tous les jouets avec des défauts. Le chef des elfes a même modifié les instructions pour les dessins, afin que les jouets tombent en morceaux. Le Père Noël a livré ces jouets dans le monde entier. Ce n'est que l'année suivante que le chef des elfes a été démasqué. Des lettres d'enfants nous sont parvenues du monde entier pour se plaindre des jouets qu'ils avaient reçus à Noël. Dans leurs lettres, les enfants souhaitaient des jouets assortis d'une garantie contre les défauts. Ces lettres ont été rassemblées et envoyées par les fées des jardins à la Cour des Seelie pour enquête. La Cour a interrogé les elfes fabricants de jouets. Les elfes emportèrent leurs plans avec eux. Les plans ont été approuvés par le chef des elfes de terre.

La Seelie Court a également établi que le chef elfe prenait les bons jouets et les enterrait dans la neige. Ce fait a été révélé lorsque le Royaume du Père Noël a connu un dégel précoce. Des jouets ont été trouvés par des elfes. Les elfes faisaient une bataille de boules de neige. Ils ont vu des jouets dépasser de la neige. Avant la bataille de boules de neige, les rennes qui piétinaient le sol, comme ils le font, à la recherche de nourriture à grignoter, ont cassé les jouets.

La Cour des Seelie s'en tint à la règle selon laquelle on ne peut pas vivre dans le mensonge. Le chef des elfes a enfreint la règle d'or du terrain, qui veut que l'on ne mente pas. La marraine Fée des Nuages envoya notre chef elfe au pôle Sud. Elle a envoyé deux nuages spéciaux appelés nuages nacrés. La Fée Marraine envoya également un message spécial délivré par une Fée des Jardins au Chef Elfe qui disait : " Si les jouets ne sont pas réparés avant l'arrivée au Pôle Sud, les nuages nacrés disparaîtront et s'évanouiront. Vous tomberez dans l'océan et disparaîtrez avec les jouets dont personne ne veut". Nous possédons une copie de cette lettre dans notre musée du Père Noël. Personne n'a eu de nouvelles de l'elfe-chef, mais quelques jouets ont été retrouvés par des singes. Nous avons appris que ces jouets avaient été rejetés sur une plage d'Afrique.

Aucun lutin n'a voulu accompagner le chef des lutins dans son exil au pôle Sud. Le chef des elfes est allé jusqu'à ordonner à ses elfes de partir. Cela provoqua une révolte. Une nuit, un groupe de lutins attendit que le chef s'endorme. Ces elfes attachèrent le chef elfe avec des rubans et des arcs dans sa chambre à coucher. Lorsque les deux nuages nacrés arrivèrent, les elfes attachèrent des rubans supplémentaires du lit à un gros ballon spécial. Ce ballon avait été fabriqué à la fabrique de jouets pour l'occasion. Lorsque le ballon atteignit le plus gros nuage de nacre, une flèche fut tirée et fit éclater le ballon. Le chef des elfes tomba la tête en bas. Il atterrit en plein milieu du plus gros nuage de nacre. Les lutins firent la même chose avec les jouets cassés. Des rubans furent attachés à des ballons et attachés aux jouets cassés. Ces ballons furent tirés avec des flèches, et les jouets cassés atterrirent sur le plus petit nuage de nacre.

Les elfes fêtèrent tous le départ du chef et remercièrent les neuf rennes d'avoir trouvé et déterré les jouets enfouis dans la neige. Les rennes furent déclarés innocents par la Cour des Seelie de tout méfait. Tous les lutins sont restés au Royaume du Père Noël pour fabriquer des jouets.

Le Père Noël n'a jamais été remplacé par un elfe chef de terrain. Chaque année, nous célébrons le départ de l'Elfe-chef. Nous appelons cette fête le Jour du Recyclage.

Toutes les fées de l'Autre Monde nous envoient les jouets trouvés dans les poubelles. Les fées du jardin les envoient par centaines. Nous reconditionnons ces jouets et les envoyons à nouveau au Père Noël la veille de Noël. Tous les efforts que nos elfes consacrent à ces jouets usagés contribuent à freiner le changement climatique. Demain, c'est la journée du recyclage. Vous rencontrerez le Père Noël. Ifty ajoute une dernière chose : "Assure-toi que tous tes amis et Jumping-Jack préparent une liste de souhaits à remettre au Père Noël demain".

Itsy-Bitsy demande à tous les enfants et à Jumping-Jack d'écrire leur liste de souhaits de Noël sur leur carte postale. Le lendemain, tout le monde est à la fête. Il y a des feux d'artifice, d'énormes ballons, des nœuds faits de rubans et des cannes à sucre partout dans le Royaume du Père Noël. À l'intérieur de l'atelier, les lutins sont occupés à recevoir une boîte après l'autre de la part des fées du jardin. Itsy-Bitsy aperçoit un de ses jouets qu'elle a laissé dehors dans le jardin, à la maison. Itsy-Bitsy se dit que Ziggy a dû le dire à sa mère. Sa mère a dû dire à Ziggy de le jeter dans la poubelle, la prochaine fois que vous sortirez les poubelles. Le jouet était la poupée préférée d'Itsy-Bitsy.

Itsy-Bitsy demande au Père Noël de lui rendre sa poupée. La poupée s'appelle Betsy Wetsey. Itsy-Bitsy l'a reçue du Père Noël il y a quelques années.

Les enfants saluent le Père Noël et lui donnent leurs cartes postales. La fée des jardins sort d'une boîte et reçoit les cartes postales du Père Noël ainsi qu'un biscuit qu'elle emporte avec elle. Le Père Noël demande à l'elfe Ifty de retrouver la poupée. Ifty répond qu'il sera heureux de chercher la poupée si quelques elfes l'aident d'abord à glisser le long de l'arête métallique roulante. Le Père Noël dit : "Ho, Ho, Ho ! Tous les enfants se joignent à Ifty et dégringolent du deuxième au premier étage. Les enfants s'amusent tellement que personne ne veut que le plaisir s'arrête. Les elfes du Père Noël donnèrent des sucres d'orge et des biscuits aux pépites de chocolat faits maison à tous les elfes et à tous les enfants qui parvenaient à atteindre le bas de la glissière. Ifty sortit une poupée d'une des boîtes et la tendit à Itsy-Bitsy. "Oui, oui, c'est ma poupée, ma Betsy Wetsy ! "Merci Père Noël" ! "Merci, Ifty" !

C'était juste à temps. En regardant par la fenêtre, l'un des elfes du Père Noël a vu le nuage Cap s'approcher du Royaume du Père Noël. Itsy-Bitsy dit au Père Noël et à Ifty que tous les enfants seront bientôt en route. Jumping-Jack mangea trop de biscuits, mais il réussit tout de même à transporter tous les enfants sur le nuage de la casquette. Ils s'envolèrent dans un ciel bleu éclatant.

Maillon de chaîne

Le nuage Cap est descendu sur le Royaume du Père Noël avec des instructions spécifiques de la Fée Marraine pour conduire les enfants jusqu'au Lien de Changement du Chef de Terre. La règle d'or de la Fée Marraine pour tous dans l'Autre Monde était de ne pas mentir. "Personne ne doit vivre dans le mensonge.

Itsy-Bitsy est une belle enfant aux longs cheveux blonds dorés. Ses yeux violets sont inhabituels. Elle est petite, mais populaire à l'école. Sa personnalité rayonne de confiance, comme lorsqu'elle partage ses connaissances sur les prévisions météorologiques. Elle remarque que tous ses camarades de classe sont plus grands qu'elle. Itsy-Bitsy commence à poser des questions. Un jour, elle interroge sa mère sur sa petite taille. Sa mère lui répondit : "Ne te préoccupe pas de ta taille. Tu vas bientôt commencer à grandir. Tu grandiras pendant tes heures de sommeil". Itsy-Bitsy refusa de se regarder dans le miroir de sa maison, car elle savait au fond d'elle-même qu'elle ne grandirait pas. Itsy-Bitsy fait tracer sur la porte de sa chambre une marque correspondant à sa taille. Aucune nouvelle marque n'a jamais été ajoutée, mois après mois. Même Ziggy commença à la taquiner et à l'appeler "Shrimpy". Storm, dit à Itsy-Bitsy que le fait de ne pas grandir te permet de rester mignonne et d'avoir beaucoup de câlins. Itsy-Bitsy ne faisait que quatre fois la taille de sa poupée, Betsy Wetsy ! La plupart des enfants recevaient de nouveaux vêtements chaque année, parce qu'ils devenaient trop grands. Itsy-Bitsy, en revanche, ne se lassait jamais de ses vêtements. Elle devait les porter jusqu'à ce qu'ils soient usés. Itsy-Bitsy ne recevait jamais de nouvelles chaussures. Elles devaient avoir des trous dans l'âme. Itsy-Bitsy trouvait que cette condition n'était pas juste. Ziggy continuait à recevoir de nouveaux vêtements et de nouvelles chaussures. Il devenait de plus en plus grand chaque année.

Le nuage de la casquette est finalement arrivé au-dessus du maillon de la chaîne du terrain. Il annonça que le seul enfant autorisé à quitter le nuage était Itsy-Bitsy, car elle était la seule à avoir une carte postale pour le Terrain Chieftain Link. Le nuage-capuchon ne pouvait pas mentir. Il connaissait d'autres raisons, mais essayait de les garder secrètes, jusqu'à ce qu'un enfant pleure, mais pourquoi ? Le nuage répondit : "Ce terrain est très dangereux. Les maillons fées pourraient te prendre et faire un double changement, puis un autre double changement, encore et encore. Te faire passer d'une famille humaine à l'autre ou de l'une à l'autre dans l'autre monde. Tu vois, ces fées du lien de changement ont l'habitude d'échanger des enfants. On ne peut pas leur faire confiance. Elles donnent leurs enfants fées à des parents humains pour qu'ils les élèvent en échange d'enfants humains. Ces fées pensent que leurs enfants pourraient recevoir une meilleure éducation ou avoir plus d'opportunités, comme une meilleure nourriture. Peut-être qu'ils deviendront plus grands à la fin. Cette situation est très dangereuse pour vous cinq, car vous êtes tous en route vers le monde des humains. Restez sur le Nuage de Clap. Vous serez en sécurité avec moi. Je vous laisserai tous jouer à votre jeu préféré, devinez ce que je peux voir".

Itsy-Bitsy était très courageuse. Elle sauta sur Jumping-Jack et atterrit sur Terrain Change Link. Elle pourrait peut-être découvrir la vérité. Peut-être découvrirait-elle ses racines. Elle pourrait se confronter à son existence. Qu'est-ce que le Change Link savait exactement qu'elle ne savait pas ? Pourrait-elle un jour connaître la vérité ? Quelles questions poserait-elle ? Pire que tout, l'autoriser à quitter le Nuage ne serait-il pas un complot pour la retenir ? Elle se ficherait de ne jamais revoir son frère Ziggy, mais sa mère et son père lui manqueraient. De telles pensées jaillissaient d'elle, mêlées de larmes et de dégringolade. Elle essaya de se calmer en se disant que, quoi qu'il advienne de cette visite, elle avait toujours Jumping-Jack et sa poupée préférée, Wetsey Betsy.

Itsy-Bitsy entendit des bruits de pas venant de la forêt dense qui cachait la plus grande partie de la lumière du soleil. Les arbres de la région formaient une canopée qui ne permettait qu'à des rayons de lumière de toucher le sol. À chaque pas qui s'approchait, Itsy-Bitsy devenait un peu plus nerveuse. Finalement, les pas s'arrêtèrent juste sous un rayon de lumière. Une voix proclama : " Je suis le chef de terrain Change Link. J'ai apporté avec moi un livre d'archives de notre Département des liens. Link Runner tient le livre pour que vous puissiez le lire.

Il t'aidera à trouver ton nom, Itsy-Bitsy Cloud. Peut-être que ton nom n'est pas dans le livre. Viens dans la lumière pour voir ensemble ce qui se révèle. Itsy-Bitsy hésite, mais la curiosité l'entraîne vers la lumière. Link Runner trouve son nom dans le livre et pointe du doigt le nom, Nuage d'Itsy-Bitsy. Le livre de l'Autre Monde indique que tu es en fait une fée, appartenant à notre Change Link Terrain. Le Runner Link poursuit en disant que tu as été échangée avec une famille humaine appelée Cloud. Nous avons coupé tes ailes et modifié tes oreilles pour qu'aucun humain ne puisse deviner que tu es une fée. Itsy-Bitsy éclate en sanglots en entendant cette nouvelle. "Qu'est-ce qui va m'arriver ? On entend ces mots entre ses sanglots. Le chef Link essaie de calmer Itsy-Bitsy. La marraine Nuage a organisé cette visite pour que tu ne vives pas dans le mensonge. Aucune fée d'un autre monde ou personne d'un monde humain ne devrait vivre dans le mensonge. La vérité élimine tous les doutes et apporte le bonheur à votre être. La Marraine Nuage a conclu de vos questions sur votre taille qu'il était grand temps pour vous de connaître la vérité. Ta merveilleuse personnalité ne changera pas. Tu seras toujours aimé dans ton monde humain d'adoption. Personne ne se demandera jamais d'où tu viens. Itsy-Bitsy dit : "Je ne comprends toujours pas. Avec qui ai-je été échangé ?" Le Chieftain Link répond : "Tu as été échangée contre une petite fille humaine." "Puis-je la rencontrer ?" "Non, malheureusement, elle est décédée il y a quelques années, parce qu'elle ne voulait pas écouter. Elle a sauté de sa cabane pour monter sur un nuage. Elle est tombée en dégringolant sur le sol. Comme toi, elle avait le même souhait secret. Mais elle n'a pas attendu que la fée Marraine exauce son vœu".

Itsy-Bitsy demande : "Que va-t-il nous arriver, à moi, à ma poupée et à Jumping-Jack ? Le chef Link dit à Itsy-Bitsy que la mort tragique de l'interrupteur humain ne peut plus jamais avoir lieu dans la famille

Cloud. Tu leur seras rendu, à condition que tu respectes les conditions fixées par la Marraine pour tes déplacements sur le Nuage Clap. Itsy-Bitsy est très soulagée.

Il ne lui reste plus qu'à remettre sa carte postale à Link, le chef de terre. Itsy-Bitsy se rend auprès de Runner Link, une dernière fois, pour voir son nom dans le livre. Elle sait que le chef de file doit signer le livre pour enregistrer sa rencontre avec Itsy-Bitsy. Elle a vu beaucoup de ses signatures sur les différentes pages que le Lien Coureur tournait. Itsy-Bitsy place sa carte postale sur la page de son nom dans le livre. Le chef reçoit la carte postale lorsqu'il signe le livre. La fée du jardin, habillée en papier journal, sort de la couverture du livre et réclame la carte postale. Elle s'en va avec la carte postale. Peu de temps après, le nuage Cap apparaît juste au-dessus de la cime d'un arbre. Jumping-Jack grimpe à l'arbre le plus haut avec Itsy-Bitsy sur son dos et sa poupée. Jumping-Jack fait alors un grand saut et atterrit sur Cap Cloud. Tous les enfants applaudissent. Ils sont si heureux de la voir ! Les enfants ont fait une auréole à Itsy-Bitsy avec le nuage Cap. Maintenant, les enfants appellent Itsy-Bitsy l'ange de Cap Cloud. Son nouveau nom.

Kelpie, le cheval

Le nuage Clap a dérivé très lentement vers le nord. Les enfants étant tous endormis, le nuage prit son temps pour arriver à sa nouvelle destination, le terrain Kelpie. Les enfants furent tous réveillés de leur profond sommeil lorsqu'ils entendirent un cheval émettre un son caractéristique. L'un des enfants s'exclama : "Regarde là-bas". Ils virent tous une créature ressemblant à un cheval qui se tenait sur la rive d'une rivière. Il était aussi bleu que l'eau.

Une fois que le nuage Clap s'est approché du cheval, chaque enfant a voulu être le premier dans la file d'attente pour le caresser. Le cheval semblait amical. Jumping-Jack a fait son travail et a placé chaque enfant près du cheval. Chaque fois que le cheval était caressé, il levait et baissait la tête en signe de gratitude. Il semblait très amical.

Un enfant a eu l'idée de le monter. L'enfant a demandé à Jumping-Jack de le soulever sur son dos. Maintenant, tous les autres enfants voulaient aussi faire un tour.

Le cheval accéda à ce souhait en étirant son dos pour faire de la place, mais il n'y avait que de la place pour cinq enfants. Itsy-Bitsy, en tant qu'Angle, se tenait seul au bord de la rivière et regardait chaque enfant remplir une place sur le dos du cheval. L'un des enfants décida de céder sa place à Itsy-Bitsy. L'enfant ne pouvait pas descendre. Il était coincé à l'arrière du cheval. Tous les autres enfants essayèrent à leur tour de descendre. Tous sont coincés. Ils étaient collés au dos du cheval. Itsy-Bitsy est horrifiée.
Itsy-Bitsy se précipita vers le cheval. Itsy-Bitsy prit toutes les cartes postales et essaya de décoller les enfants, un par un. Chaque carte postale resta collée au cheval.
Le cheval partit au galop dans la rivière. Itsy-Bitsy resta choquée au bord de la rivière. Le cheval disparut dans l'eau. Plus tard, Itsy-Bitsy vit une carte postale faire surface sur l'eau. C'était sa carte postale.

La Fée des Jardins apparut de derrière un arbre au bord de la rivière, vêtue de bleu, et alla chercher la carte postale. Elle s'envola avec elle.

Le nuage de clapets arriva bientôt. Jumping-Jack s'empressa de faire monter Itsy-Bitsy et sa poupée sur le nuage.

Itsy-Bitsy, avec de grosses larmes qui coulaient sur son visage, déclara dans un cri : "Je veux rentrer à la maison. Je n'ai plus de cartes postales".

La tempête

Itsy-Bitsy, comme beaucoup de météorologues, peut se tromper. Elle a laissé la fenêtre ouverte dans sa chambre. Une grosse tempête de pluie accompagnée de vents violents s'est formée tôt le matin. La pluie et le vent ont commencé à faire sauter les rideaux de la fenêtre et à faire trembler les volets de la chambre. Ziggy était déjà debout. Il se préparait pour l'école quand il entendit des bruits étranges venant de la chambre d'Itsy-Bitsy. Il entre en trombe dans la chambre et claque la fenêtre.

Ce bruit réveilla Itsy-Bitsy, qui sortait d'un rêve très profond. Ziggy lui dit : "Je vais le dire à maman".

A propos de l'auteur

Francis Edwards

Francis Edwards a réussi à reformater le livre du tunnel Victoria en une présentation moderne en 3D pour les contes et les livres d'apprentissage destinés aux enfants. À ce jour, il a créé 15 titres. Vous pouvez vous rendre sur Etsy.com pour acheter l'un de ses livres-tunnels.

Ses essais, poèmes et écrits peuvent être lus sur Medium.com. Il est également présent sur Smashwords.com.

www.ingramcontent.com/pod-product-compliance
Lightning Source LLC
LaVergne TN
LVHW041554070526
838199LV00046B/1955